KB073398

그래도 난
그대가 그립다

그래도 난
그대가 그립다

초판 1쇄 인쇄일 2020년 5월 18일
초판 1쇄 발행일 2020년 5월 25일

지은이 전문근
펴낸이 양옥매
디자인 송다희 임흥순
교 정 조준경

펴낸곳 도서출판 책과나무
출판등록 제2012-000376
주소 서울특별시 마포구 방울내로 79 이노빌딩 302호
대표전화 02.372.1537 **팩스** 02.372.1538
이메일 booknamu2007@naver.com
홈페이지 www.booknamu.com
ISBN 979-11-5776-886-8 (03800)

이 도서의 국립중앙도서관 출판예정도서목록(CIP)은
서지정보유통지원시스템 홈페이지(http://seoji.nl.go.kr)와
국가자료종합목록시스템(http://www.nl.go.kr/kolisnet)에서
이용하실 수 있습니다. (CIP제어번호: CIP2020019875)

그래도 난
그대가 그립다

전문근 네 번째 시집

책과나무

작가의 말

대부분의 사람들은 큰 시장, 큰길로 나가서 경쟁하듯 출셋길을 찾거나, 욕심껏 돈을 벌기 위하여 치열하게 경쟁하며 살아가고 있다. 하지만 시를 쓰는 사람은 바람 부는 언덕길이나 들길에 나가서 작고 예쁜 것들의 표정이나 생각, 아름다움을 줍곤 한다. 그래도 이러한 손길이 있어 시는 외롭지 않다고 했던가.

나는 무명 시인이지만 가끔 지인들을 만나면 '요즈음도 시를 쓰는지'를 묻곤 한다. '나이가 들어 좀처럼 시상이 떠오르기 힘들지 않느냐'는 물음일 것이다.

하지만 물고기가 물을 떠나지 못하듯 시를 쓰는 사람은 나이에 상관없이 늘 시상 속에서 살고 있다.

오늘보다 아름다운 시간들이 어제였다면 우리들은 어쩌면 아름다운 어제의 그리움을 안고 살고 있는 것은 아닐까?

틈틈이 자연 속에서 힘겹게 살아가는 풀 한 포기의 희망과 사랑을 찾아 정겹게 살아가는 눈빛들, 살아온 삶 속에서 함께 부대끼며 삶의 조각조각을 모으고 다듬은 그리운 마음을 엮었다.

나의 시적인 순간은 어떤 거대하고 장엄한 풍경 또는 특별한 일에서도 나올 수 있지만 조금은 쓸쓸할 때 고독이 가져다주는 비어 있는 느낌에서 떠오르는 경우가 더 많다고 생각한다. 다시 말해 '소소한 삶' 속에서 나온 마음의 잔상들이다.

문득문득 눈을 감고 나의 가장 인상 깊었던 추억의 한 시절 또는 한 장면을 떠올려 보며, 그때 나의 눈앞에는 더없이 아름다웠던 인연들과의 슬픔, 즐거움, 아픔 또는 웃음을 조용히 내보여 주었다. 그리고 그때 그 시절 그 인연의 맑은 눈동자에는 나의 모습이 언뜻언뜻 비쳐져 보였다. 어쩌면 내가 가장 그리워하는 것은 과거 사랑했던 상대일 수도 있지만, 상대를 온전히 그리워하고 있는 나의 옛 모습이 시의 숲을 이루었다.

또한 당신과 함께라면, 자꾸 좋아지던 시절 상대와의 헤어짐이라는 아쉬움만으로 시상을 떠올리기보다는 순수하고 맑았던 오래전 나 자신과의 헤어짐을 그리워하며 네 번째 시집『그래도 난 그대가 그립다』를 엮었다.

• 목차 •

2. 못내 턴 그리움

3. 그리움에 길을 묻다

4. 그대에게 띄우는 그리움

그리움의 창가에서

—

그리움의 창가에

비가 내리면

당신의 비에 피는

그리움이 꽃처럼 피어납니다

오늘도

변함없는 사랑으로

그대를 꽃처럼 물들이고 싶습니다

—

요즘 사람과 사람 사이

날이 갈수록
우뚝우뚝 솟은 수많은 아파트는
대나무 숲처럼 쑥쑥 높아만 가고
화려한 불빛으로 빛나고 있는데

사람과 사람 사이
이웃과 이웃을 비추는
마음의 불빛은 희미해져만 가는 걸까?

겉모습은
멋지게 차려입고
값비싼 장신구로 요란한데

마음과 마음 사이는
무거운 철 대문처럼 잠겨져 가고
스마트폰에 갇혀서
스스로 열지도
좀처럼 열리지도 않은 걸까

봄바람이 불고 예쁘게 꽃이 피어도
마음의 문을 닫고
외눈박이로 외롭게 살다가

각박한 사람 숲에서
첨단 기기 숲에서
홀로 우는 뻐꾸기가 되어 가는가

담쟁이 넝쿨

무리 지어 오른다
가파른 담장 위로

어제도 오늘도
위만 바라보고
고개도 아니 들고
얼굴을 붉히며 오르고 또 오른다

김 팀장 잎도
이 부장 잎도
웃으며 오르지만

먼저 오르려고

떨어지지 않으려고

난마처럼 얽혀져

때로는 밟고, 밀치고, 발부둥치며

쉼 없이 오르고 또 오른다

충혈된 눈빛으로

무등 위에 무등 태워

오르고 또 오른 담장 꼭대기

그 너머 무엇이 있기에

뒤도 돌아보지도 않고

높이 더 높이 오르려고만 하는가

요즘 젊은이들

요즘 젊은이들
뒤척이는 곳마다 아프다

치열한 삶의 경쟁에서
주저앉을 것만 같은데
"취업은 했냐"
"비정규직은 벗어났느냐"고

팡팡 뛰는
아파트값, 전월셋값 치솟는 소리에
마음이 무너지고 있는데
"결혼 언제 할 거냐?"
"자녀는 몇이나 둘 거냐"고

누가 자꾸
아픈 곳을 들쑤시는가

'아프니까 청춘이다'는
상처 난 가슴을 덧나게 쪼아 대도

나무가 언 땅에서
맨발로 견디며 꽃을 피워 내듯
아픈 곳이 있어야
벗어나고픈 삶도 있다고

안갯빛 앞길에
날마다 숨이 차지만

이력서에 꿈 하나 품고
입술에 지긋이 힘을 주고 있다

서울 집값

종일토록
결혼할 아들딸 집 구하러 다녀 보니
가슴에 멍이 드는 찬바람만 분다

수천만 원
수억 원씩
집값이 올랐단다
어느 곳은 수십억이란다

허탈하게 서 있는 나에게
우뚝우뚝 솟은 아파트가
한심하다는 듯 내려다본다

더러는
두 채
세 채씩도 갖고 사는데

사글세, 전세살이
달팽이처럼 이사만 다녔냐고

바보처럼
그동안 뭘 했냐고

다리가 아프도록
이 집 저 집 구경만 하고 돌아와
잠이 오지 않는데

저만큼
어둠 비를 맞으며 슬퍼하는
노숙 청개구리 울음소리에
한숨뿐인 이 밤도 깊어만 간다

빈 소주병

괴로워서일거나

허무해서일거나

쓰디쓴 속을 다 비워 내고

풀밭에 나뒹구는

빈 소주병 하나

아픈 푸념을 끌어안은

빈껍데기만 남겨 두고

흙먼지 훑고 가는

바람 속을 헤매는 한숨 소리는

누군가의 앓아 쌓여진 삶의 무게인 것 같아

말없이 허공을 볼 수밖에 없다고

벗어던진 헌 신발처럼 볼품이 없어도

누군가의 고된 꿈이 남겨져 있는 것 같아

우두커니

눈부신 햇살을 바라볼 수밖에 없다고

잡초

누구도
눈여겨보지 않고
이름조차도 없는 그냥 잡초다

봄이 오면 꽃피우고
가을이면 씨앗을 품을 거라는
풀빛 꿈도

사람 눈길 마주칠 수 있는 곳이면
햇빛에 미소를 주고
바람에 마음을 주며
싱그러운 풀잎으로
마음껏 꽃피우고 싶었던
작은 소망도

허구한 날
저주받는 '골칫덩어리'가 되어
밟히고 뽑히고
아무 곳에나 던져진다

어쩌다
자리를 잘못 잡았을 뿐인데
많이도 데었던 아픔에
어느 누가
안타까운 마음으로
눈길 한 번 주었던가

황혼을 바라보는
세월의 바람 앞에서
잡초 아닌 삶이 있던가

거미

숲속 허공에

날마다

제 살을 짜내어

한 줄, 한 줄

또 한 줄

삶의 조각을 엮어

때를 기다리는

번개 같은 눈빛이 걸려 있다

고단한 속마음 감춰 놓고

뭔가를 기다려 낚는

능숙한 야수의 몸짓이

꼭꼭 숨어 있다

달빛을 구부려
맨발로 걷는 허공에
하얀 숨소리조차 감춘
부릅뜬 삶의 눈빛이 번뜩이는
신새벽

그냥 기다려 볼 수밖에 없는
야윈 가슴에
종종 다리 웅크린 숨소리
홀로 외롭다

사랑스런 눈으로 보면

저만큼 서 있는 바위를 보고
어떤 이는 천사 같다고 하고
어떤 이는 괴물 같다고 한다

밉게 보면
쓸모없는 잡초 아닌 것이 없고
사랑스러운 눈으로 보면
꽃 아닌 것이 없다

남루한 한때나마
마음의 빚 없이
단 하루 삶을 위해
허공에 길을 내어
날아오르는 하루살이 삶도

남의 둥지에 알을 낳고
멀리서 지켜보며
울음으로 품을 수밖에 없는
뻐꾸기의 삶도

사랑스런 눈으로 보면
짠하고 기특하지 않은가

낯설고
내키지 않는 일이라고
비난과 저주로 갈등하고
상처 주고, 상처받을 일도

따뜻한 가슴으로
사랑스런 눈으로 보면
꽃 아닌 것이 있겠는가

꿈이 있음은

꿈이 있음은
절망의 꽃잎으로 떨어져
고통의 눈물을 삼키고 있어도
이른 봄의 햇살처럼
삶의 틈새에 새순이 돋아나고

휘몰아치는 비바람에 쓰러질 듯
다시 일어서는 억새처럼
버텨 내는 신비로운 힘입니다

꿈이 있음은
많이도 흔들리는 빈 가지에
빈 둥지 하나 매달고 살아가도
날아가야 할 곳을
가슴에 품고 사는 한 마리 새처럼

캄캄한 어둠 속에서
그 길이 멀고멀지라도
뜨거운 가슴에 피워 낸 꽃처럼

두터운 알껍데기 속에서도
언젠가는 나를 꺼낼 수 있는
부단한 발길질입니다

가로막는 바람 앞에서
멈추고 또 멈춰져도
세월의 강을 헤엄쳐
다시 가야 할 길입니다

사랑의 손길

학교를 마치고
집으로 가는 길

구수한 호떡 냄새가
출출한 발걸음을 유혹하는 날

땡그랑땡그랑
들려온 구세군 종소리에

집어 든 호떡을 놓아두고
뒤돌아간 아이

꼬깃꼬깃 천 원짜리 지폐를
자선냄비에 넣고 간
사랑의 손길에

사랑의 종소리가

흐뭇한 미소를 지으며 따라간다

그리움, 넌

빈 날갯짓인 줄 알면서도
내 안의 네 흔적이
죽는 날까지 파닥거리며 날아오는
널 어쩌랴!

가슴에 작은 씨를 뿌려 놓고
비바람이 휘몰아쳐도
언제나 마음에 피어 있는 꽃
넌

뿌리치고 떠나도 다시 돌아와
보이지 않는 곳에서도
꽃불로 피어나
살며시 안겨 오는 가슴 꽃
넌

세월이 흐르고 흐를수록
실낱같은 뿌리에서 돋아나
생각만으로 설레어 꽃피는
넌

외로울수록
나비처럼 날아와
내 안에서 나를 흔드는
널 어쩌랴!

내 마음의 반은 비워 두고 싶습니다

당신에게 가는 길이 있다면
살아 있는 동안
내 마음의 반은 비워 두고 싶습니다

당신에게 가는 길이 있다면
희미해진 추억을 헤집고
다가오는 그대 미소가
언제라도 다시 들어올 수 있도록
내 마음의 반을 비워 두고 싶습니다

당신은 그렇게 떠나갔지만
당신을 생각할 때가 행복하기에
외로움을 비워 내고
그대 그리움 채워지는
내 마음의 반을 비워 두고 싶습니다

가슴 가득 고여 오는

쓸쓸함과 외로움 사이로

아쉬움을 결결히 쌓아 둔

놓아 버린 그대 사랑하나

봄비 따라 돌아올지도 몰라

언제나

내 마음의 반은 비워 두고 싶습니다

칠월의 안부

그대여!

어느새 유월의 끝

반년이 또 지나갑니다

세월의 끝이 어딘지는 모르지만

불쑥불쑥 생각나는 그대 모습에도

싱그러운 꽃잎처럼 스쳐 오는 그리움에도

유월의 마지막 햇살은

오늘도

뜨겁게 내리쬐었습니다

오가는 인연들은

망설임도 미련도 없이

칠월로 가는 것들뿐인데도

문득문득 생각나는
그대 그리운 마음을
주저앉힐 수가 없어

칠월로 가는 바람결에
싱그러운 풀잎 웃음소리 같은
안부 하나 띄웁니다

내 맘에 뜬 별 하나가

오늘 밤도
내 그리움 위에 뜬
별 하나가 내려다보네

누군가에 기대고 싶은
아쉬운 밤이면
은결 돋은 별꽃으로 피어
외로움을 손잡아 주고

마음이 허전하여
잠 못 드는 밤이면
아는 척하지 않아도
약속처럼 찾아와
사랑 빛이 되어 다독여 주네

길이 없는 길에서도

너는 나를 보고

나는 너를 보고

마음 너머 반짝여 주는 네 눈빛에

꿈 하나 심어 준

넌

오늘 밤에도

수많은 별 중에서

내 깊은 곳에 은은히 흐르는 별 하나가

사랑의 눈빛을 반짝이며

나를 바라보고 있네

한강을 바라보며

새벽잠 깬
저 강물
무심한 듯 흘러도

날마다
살아온 수많은 사람들
마음을 움켜쥔
고단한 삶의 무게만큼 띄워 가느라
숨이 차지만

봄이 오고
다시 봄이 흐르고

물결에 비춰진
화려하게 엉킨 수많은 불빛 소망들
때론
잠들지 못할 때도 있지만

그래도
회색빛 콘크리트 빌딩
사람들 사연을 안고
함께 웃다가 울다가
노을빛에 물든 속 깊은
어머니 마음처럼 흐른다

네온 불빛 어린 강변길 거니는

행복을 꿈꾸는 첫사랑 만남에도

눈물로 헤어지는 아쉬움에도

사랑의 젖을 물린

너와 나의 그리움이 흐른다

내 그리움의 숲에 비가 내리는가

가 버린 세월의 끈을 붙잡고
뒤척이는
내 그리움의 숲에 비가 내리는가

어쩌자고
나뭇잎에 떨어지는
은은한 빗소리조차
시린 가슴을 열고
이토록 내 마음을 적시는가

사그라져 가는 그리움 한 자락을 품고
빗속을 걸었던 그 수많은 길도
사납게 퍼부은 비바람 길도
결국
네게로 향하고 있었던가

그대와 나 사이
마음의 거리는 알 수 없지만
그래도 빗속을 거닐면
그리움의 숲에서
기다리고 있을 것만 같아
나도 비가 되어 널 적시고 싶다

비가 내리는 날은
내 마음의 꽃밭에
아직도 빠져나가지 못한
추억의 발자국마다
마주친 소녀의 수줍음처럼
그대의 비에 젖은 그리움이
꽃처럼 피어난다

비가 오는 날은

내 그리움의 숲에 비가 내리는 날은

한 사나흘쯤 걸어서 그대에게 가 보고 싶다

조약돌

켜켜이 쌓인
못 잊는
인연 때문일까?

가을이 가랑잎처럼 울어도
눈을 뜨고 밤을 새우는
조약돌 하나

성난 물살에도
얼음장 밑에서도
수없이 꽃이 피고 지는
외로움 속에서도

늘 제자리에서
하늘만 바라보고
마음을 닦고 닦아
둥근 마음 수양 중이라네

사랑 끝 눈물까지 다 닳도록

백 년도

천 년도 부족하고

끝도 알 수 없지만

스치는 바람결에

속살까지 다 내주었지만

그리운 이 더욱 그리워

날마다 묵언 수행 중이라네

오늘 밤도

어둠 속 고독을 끌어안고

부족한 둥근 마음 다듬고 있다네

짝사랑 해바라기 꽃

어쩌다
마음속에 사랑 하나 품어 안고
눈길 한 번 주었다가

먼발치에서도
부끄러워 고개도 못 들고
말도 못 붙이고
가슴만 쿵쾅쿵쾅

행여 눈치챌까 봐
내색도 못 하고
그리운 노래만 부르다가
애처로운 눈망울에
까맣게 타 버린 속마음

널 잊는 것이

평생이 걸려도 부족할 것 같은데도

이글거리는 눈빛만 보아도

마음은 싱글벙글

두근두근 흔들리는 마음을

어쩌면 좋냐고

너를

얼마나 더 그리워해야

마주 보고 웃어 볼 수 있을거나

꽃은

가만히 들여다보니
꽃은
꽃이고 싶다는 사람들 때문에
향기를 품고 서 있나 보다

순박한 햇살처럼
밝은 마음을 닮아, 라고
온갖 빛깔의 꽃잎으로
정겨운 미소를 보내며 서 있나 보다

꽃이 피고
또다시 피는 것도
고운 모습 그대로
장미꽃처럼 붉은 정열로 사랑을 하라고
라일락꽃처럼 향긋한 마음을 가지라는 것인가 보다

가만히 들여다보니

꽃은

봄을 닮은 사람이 가까이 다가오면

분홍빛 꽃잎 귓불이 더 붉어지고

가슴도 두근거리나 보다

저녁노을

노을이
넘어가는 해
잠깐 붙들어 놓고

불암산, 도봉산이 펼쳐 놓은
하늘 화폭 곳곳마다
장밋빛, 맨드라미 빛 꽃밭을 그렸습니다

하고 싶은 말 대신
바알간 꽃잎 가슴에
사랑의 꽃불을 활활 붙여 놓고
갈매천은 황금색 옷을 입혔습니다

타오르듯 피어오른 황홀한 꽃잎에
불쑥불쑥 솟아나는 그리움은
당신 때문이라고

불꽃같은 젊은 열정도
화려한 낭만도
한순간 지나면
아쉬움뿐이라고

눈 감아야 볼 수 있는
설레는 그리움 다 불러내
못 잊는 가슴에
시 한 줄 써 보내라고

저 멀리
불그레한 갈대꽃이 고개를 끄덕여 줄 때까지
노을이 산마루에 머물러 줍니다

못내 턴 그리움

—

춥고 외로워도
빈 가지 끝에
꽃으로 다시 피었나니

꽃잎이 필 때마다
꼭두서닛빛 그리움을 품어 안은
그대 향기에 물들고 싶다

저토록 황홀한 것은
구비마다 얽힌 사연
못다 이룬 사랑 때문일까?

고 작은 보랏빛 미소가
봄이 왔다고
온 들판을 흔들어 깨우네

—

라일락 꽃잎에

그대를 사모한 것이
옛일이 되었어도

봄이면
쑥스러운 나이 잊고
다시 이는 그리움이
라일락 꽃잎으로 피고 말았습니다

내 안의 그대 그리운 모습이
보랏빛 꽃잎에 실려 와
이 봄에도
반짝이는 별꽃처럼 피고 말았습니다

꽃잎에 밴 향기가
누구의 그리움인지 말하지 않아도
이렇게 설레는 것은
그대가 내 안에서 잔잔한 호수처럼
보랏빛 그리움을 심어 주었기 때문입니다

묻지 않아도
불러 주지 않아도
삶이 있는 마지막 날까지
내 마음의 꽃을 피우라면
라일락 꽃잎이 필 때마다
그립던 내 마음을 꺼내어
보랏빛 향기에 물들고 싶습니다

청산도[1]

눈부시게 파도치는 남쪽 바다 어디쯤
아름다운 섬, 청산도가
산언덕 푸르름에 안겨
미소 띈 얼굴로 맞아 주네

그리움 쌓아 놓은
돌담 사이길 너머로
빛 고운 유채꽃 하늘거린 몸 장단에
봄 햇살 타고 내려온 서편제 그림자
얼쑤 덩실 한바탕 춤추던
그곳에는

느린 삶을 품은 수 세월 사연에
저토록 사랑이 익어 가는
둘레길 곳곳마다
흐드러지게 핀 꽃향기가
내 마음도 꽃처럼 활짝 웃어 보라네

저 멀리
소원을 품어 준 범바위 꼭대기 멀리
아련한 뱃길 따라
기다리는 어느 고운 님 오실 거라는
푸른 소망 품고 사는
청산도는

찰싹거리는 바다 가슴 품에

꼭두서닛빛[2] 그리움을 안고

저토록 출렁이며 설레는 것은

구비마다 얽힌 사연

못다 이룬 사랑 때문일거나

1 청산도 : 전라남도 완도군 청산면에 속한 섬.

2 꼭두서닛빛 : 자줏빛을 띤 빨간색. 꼭두서니(식물)의 뿌리를 끓여 우려낸 물감의 색이다.

운길산 수종사[1]에서

멀리 황혼빛 닿는
두물머리 아스라이

산은 산대로
강은 강대로
수묵화를 치는 듯
바라보는 눈길마다
활짝 핀 웃음꽃 얼굴들
탄성의 감탄사가 터져 나오고

가슴에 묻어 둔
세상사 온갖 시름 파도처럼 밀려와도
넘실거린 허공 화폭에
환하게 꽃으로 피었는가

홀가분한 바람 따라

운길산 어디쯤

애타게 보고픈

못 잊는 임 하나 감춰 놓고

하루에도 몇 번 씩

오르내리는 산안개에

햇살도 무안했나 보다

꽃으로 피었다가

꽃잎으로 시들어 가는

시름 깊은 우리네 속마음 달래 준

수종사 염불 소리에

우려낸 차 한 잔을 마시니

사랑도

인연도

살아온 세월만큼 아쉬운 가슴에

노을빛 바알갛게 물들여 주네

1 수종사 : 경기도 남양주시 운길산 중턱에 위치한 절.

고려산[1] 진달래꽃

그리워서 피었을까?

외로워서 피었을까?

바람이 불 적마다

손목을 끌어 봐도

봄 햇살이 유혹을 해 봐도

늘 그 자리에서

연분홍 꽃 등불 활짝 켜 놓고

이 봄이 다 가도록

그 옛날

눈물겨운 첫사랑을 기다리고 있는 걸까

그대가 내민

수줍은 꽃잎 웃음에

내 앓는 그리움까지 스며든

고려산 진달래꽃

이 봄은 어쩌라고

폭죽처럼 터트린 연분홍 사랑 빛으로

산등성이마다 설레게 해 놓고

종일토록 수줍게 웃고만 있는가

1 고려산 : 강화도에 위치한 높이 436m의 산.

경춘선을 타면

외로움 앓는 가슴이 있을 때
경춘선을 타면
아련한 그리움 하나 따라와
차창에 물든 풍경도 아리는
대성리역에서 강촌역까지

산허리 휘돌아 간
저 강가 어디쯤
밤새워 별빛으로 그려 놓은
그대와 나 그리고 우리
소곤대며 깔깔거리던 낭만의 꽃은
아직도 바람에 흔들리고 있는데

바라보면 볼수록
풀잎에 맺힌 이슬처럼
떼어 내지 못하는
두근거린 추억 끝에
배시시 웃음꽃으로 다시 피어난
그 시절 그곳엔
아직도 봄이면 꽃이 피고
가을이면 낙엽이 되어 흩날리는데

경춘선 저 기적 소리
끝없이 따라가면
낙조에 물든
아련한 그때 설렘 하나
다시 만날 수 있을거나

두물머리[1] 강가에 서 보았는가

그대는
낯선 두 강물 줄기가
먼, 먼 길 숨차게 달려와
하나 되어 웃고 있는
두물머리 강가에 서 보았는가

그대는
애틋한 마음끼리
사랑의 숨결을 나누는
두물머리 강물 소리를 들어 보았는가

어디선가
손을 잡다 놓쳐 버린
방울방울 인연들이
서로의 체온으로 부둥켜안고
물안개로 피어오르는
두물머리 강가에는

오래전 친구처럼
수백 년 지켜 온 느티나무 가지 끝에서
시나브로 눈을 뜨고 나오는
놓지 못하는 내 그리움 하나
드넓은 강물 위에 띄우면

노을빛에 물든

첫사랑도 따라 나와

꽃잎처럼 떠가는

두물머리 강가에 서 보았는가

1 두물머리 : 경기도 양평군 양서면 양수리 남한강과 북한강이 만나는 곳.

네 잎 클로버

꽃잎처럼
눈부시지 않아도
향기롭지 않아도

긴 외로움 속에서도
고운 꿈 하나
소중하게 간직해 놓고
봄 들판 어딘가에
모른 척
아닌 척
숨죽이고 있지만

바람에 마음을 주는
봄 햇살처럼 따뜻한 가슴 지닌
그 사람이 오면

봄 하늘 닮은
그리운 눈빛 지닌
그 사람이 오면

품어 둔
행운 잎을 꺼내 놓고
웃으며 반겨 줄 거라고

맑은 이슬 머금고
별빛 푸른 숨결에 물들여 온
행운 하나 건네줄 거라고

날마다

마음의 문을 살며시 열어 놓은

짙푸른 초록 들판에서

봄 하늘 받쳐 들고

설레며 기다리는 네 잎 클로버여!

다산공원[1]에서

질곡의 계곡 너머
당신의 발자취를 불러온
다산 공원 군데군데
그 옛날 아린 마음에
인고의 꽃들이 활짝 피어
푸른 숨을 쉬고 있네

길고 먼 세월
죽음보다 깊은 열정에 맺은
당신의 보석 같은 울림은
영원한 느낌표가 되어
역사에 빛나고

외로움 속에서도
맨얼굴 그대로 다가온
청빈한 여유당 그림자
눈이 부시다

역사에 젖을 물린
민초 사랑의 꿈이
드넓은 호수 품에 안겨
흔들리는 세상 속에서
별빛처럼 반짝이며 출렁거린다

1 다산공원 : 경기 남양주시 조안면에 위치한 생태공원으로, 정약용 생가가 있다.

북한강 카페 창가에서

살면서
메마른 가슴에
흐르는 강물이고 싶은 날

나래 펴듯
지 강물 위에
내 아쉬움 하나 띄워 보내고 싶은 날

북한강이 내다보이는
카페 창가에 기대어
허전한 눈빛으로
하염없이 강물을 바라보게 하는
그대, 강물 같은 사람아!

싱싱한 꽃으로 피었다가
조금씩 허물어져 가는 마음을 돌아보니
사랑도 미련도
속절없이 흘러가 버렸지만

오늘은
스스로 막아 놓은 물길을 열고
물 노을 밭에 둥지를 틀었던
젖은 그리움 하나 꺼내어
그대에게 노 저어 가고 싶은 날

불러내지 않아도
때가 되면
박꽃 같은 사랑의 미소를 보내 준 것이
우리들 사이에 흐르는
저 푸른 강물 바로 너였구나

노을 강가에서

외로운 내 마음을
노을 강물에 띄우면

저 강물도
내 마음처럼 눈시울 붉어질까 봐
그냥 바라만 봅니다

봄이 오는 길목 어디쯤에서
서로가 사랑한 것이
흘러간 강물처럼 지나간 일이라 해도

허물없이 마음을 주고받던
첫사랑 우리네 모습도
강물처럼 흘러갔어도

당신도 나처럼
저녁 강가 어디쯤에 앉아
말없이 노을 강을 바라볼 수 있었으면

살면서
아직도 노을처럼 떠 있는
그대 그리움 하나 꺼내어
이 세상 끝까지 함께 가고픈
아련한 꽃잎 하나 띄워 볼거나

겨울과 봄 사이

빈 가지 끝에
한 줌 봄을 머금었네

꽃샘추위 겨드랑이에서도
스물스물
매화꽃 향기가 날아오네

눈보라 속에서도
꼬옥 움켜쥔
마음속 사랑을 꺼내어
꽃피울 거라고

이파리마다
봄 편지를 띄워
푸르름 불러올 거라고

여린 햇살이

발돋움한 잎눈의 어깨마다

정성스레

연둣빛 외투를 걸쳐 주고 다독이네

봄이 오는 소리

들리는가?

풀씨의 발길질로
잠 깨는 봄의 소리가

새싹의 숨결로
사운대는 봄의 소리가

들판이면 어떠리
시냇가면 어떠리

여기저기
꽃눈마다 가슴 콩닥거리는 소리가
잎눈마다 눈뜨는 소리가

들리는가?

한 줌 봄 햇살 붙들어 놓고
매화꽃 피는 기척에
꽃잎은 꽃잎끼리
인연은 인연끼리 마주 보고
밤새워 속삭이는 소리가

들리는가?

영희네 마당 복사꽃 피는 소리에
너와 나
얼어붙은 마음 풀리는 소리가

봄은

봄은
들고 온 것이
아무것도 없는 줄 알았는데

품고 온 것이
아무것도 없는 줄 알았는데

혹한 속에서도
매화꽃을 기억하는
숨소리에 눈이 트이고

얼음장 밑에 묻힌
이름도, 빛깔도, 소리도
다 들고 왔구나

연둣빛 미소에
꿈꾸는 것들 모두 품고 왔구나

봄은
봄을 기다리는 이에게
꽃샘바람 날갯죽지 속에서도
꽃을 피워
첫사랑 눈빛처럼 웃어 주는구나

잎눈

봄눈이 내려도
눈을 떠야지
깨어나야지

빈 나뭇가지 끝에
잎눈 하나

하루에도 몇 번씩
오기로 한 약속을 지키려고
겨울 끝 햇살에
넘나드는 연둣빛 눈빛으로
꽃샘바람 틈새를 엿보고 있네

내밀지 못한 가슴 깊은 곳에서
널 기다리며
어루만지듯 들여다본
두근거린 실낱의 봄이
숨죽이듯 웃고 있네

연초록 날개 한 번 펴 보려고
꽃 한 번 피워 보려고
손톱만 한 봄꿈을 움켜쥐고
설레는 봄의 여심

네가 있기에
오늘도 바람이 부는가 보다

매화 꽃망울

어서 와
2월 끝 무렵으로

"아직 춥지?"
"한동안 추웠지?"

필까? 말까?
꽃눈 속에서

이젠
망설이지 말고

새하얀 얼굴
화사한 웃음
방긋 내밀어 보라고

네가 나오는 날

사랑 빛 손잡은

따스운 봄도 묻어올 테니

풀꽃

피었다
지는 건 잠깐이지만

지난해 피었던
그 자리에

올해도
기어이 꽃망울을 터트려
작은 사랑 꽃이 되고 싶다고

자꾸만 귀 기울여
누군가의 발자국 소리 기다리는
설레는 가슴에

산도 들도
봄이 왔다고 들썩거리면

풀밭 여기저기서
'저요, 저요, 여기요'

눈뜨고 나오는 기척 소리마다
'오, 너로구나'
풀빛 사랑 하나씩 손잡아 준
넌

어른 같구나

목련꽃

순이네 앞마당으로
새봄을 유혹해 내려고
문틈으로 몇 번이고
내다보고 들여다보고
초조한 목련 꽃망울

가녀린 봄 햇살 한 자락
심장 뛰는 소리에
꽃바람보다 먼저
말없이 벙글어지는 속웃음소리

결결히 쌓아 놓은

수줍은 속마음

봄 하늘에 들킬까 봐

새침 떼고

담장 밖 멀리 고개 숙여 바라보는

숨겨 온 순결로

분홍빛 봄을 불러내 놓고

눈물 가득 고여 오는

앓는 사랑 하나

온몸으로 움켜쥐고

이 봄도

눈시울만 글썽이는가

제비꽃

지지난 해에도
지난해에도
시린 몸부림 다독여
작은 보랏빛 꽃잎 하나 피워 내려고
밤마다
잠들지 못하더니

고 작은 입술로 햇살을 머금고
제 가슴을 쪼아
차디찬 젖을 물리고
향기를 넣고
꽃물을 들이더니

올해도

그 자리에서

빠끔히 고개 내미는 양볼 위에

고 작은 보랏빛 미소가

봄이 왔다고

온 들판을 흔들어 깨우네

민들레꽃

이른 봄부터

웃음 띤 얼굴로

우두커니 서 있는 걸 보니

너도 나처럼

누군가를 기다리고 있나 보구나

가만가만 눈 끔벅이는 노란 미소로

기쁨 주는

낯익은 행복 꽃이고 싶다고

비바람 몰아치고

열 번 스무 번 밟혀도

굳세게 견뎌 낸

사랑 꽃이고 싶다고

어디서라도 눈빛끼리 마주치면
잡초인 양 풀꽃인 양
속마음 다 드러낸 고향 친구처럼
환하게 웃어 준
넌

곧 떠나갈 나그네처럼
깃털처럼 가벼운 몸으로
하얀 그리움 하나 매달고

불암산 꼭대기까지라도
임 찾아 날아갈 거라고

까치발 돋쳐 들고
이 봄을 설레고 있는가

그리움에
길을 묻다

—

눈을 감으면
당신의 모습이 말없이 다가와
가팔라진 가슴에
단풍잎처럼 붉게 타오른
너를 어찌할거나

품고 살아온 만큼
속내를 드러내지 못하지만
가을 햇살처럼 포근했던 그리움이
개똥벌레처럼 불을 밝히고
허전한 가슴으로 날아든다

—

가을 호수

쓸쓸해진 햇살 끝에서
은빛 갈대도
산 그림자도
보이는 것은 다 품어 준 가을 호수는

사랑이 끝나는 곳에서도
다시 길을 내어
가을빛에 물든
보고픈 마음
그리운 마음
일렁이는 파문마다
기꺼이 가슴을 내어 주느라
바쁘고 또 바쁘다

바람에 마음을 맡긴

고요한 물결은

다시 사랑이 되어

마음이 마음을 어루만져 주는

가을 호수를 바라보며

오늘은

널 생각하고 싶다

그대를 보고픈 마음이

수없이 달구어져

곱게 물든 단풍잎 같은

그리운 네 모습을

오래도록 호수 위에 띄워 두고 싶다

가을 안부

올해도
그대의 향기가 묻어오는
가을 언덕엔 가을꽃이 피어
흔들리는 바람결에
그리운 마음 앓고 있는데
그대는 괜찮은지?
묻고 싶은

그대와 나 사이
머물다 가는 것이 뭔인지는 몰라도
가을이면 살며시 찾아오는
따스한 그때 그 눈빛 미소는
그리운 안부가 되어

멀리서도
외로워 말자고
아프지 말자고
그렇게 웃고 살면 된다고

여전히 내 가슴에 살고 있는
아쉬움 불러내
억새꽃 바람결에
가을 안부 하나 띄워 보내노니

그대여!
그때 그 시절 두근거렸던
눈시울 붉어진 내 마음을
받아 볼 수 있었으면

가을이면 어딘가에
안부를 묻고 싶은 사람이 있다는 것이
얼마나 다행한 일인가

가을이 오면

가을이 오면
그대가 건네준
드러내지 못한 그리움이
철새처럼 날아와
열병처럼 앓고 간 너를 어찌할거나

가을이 오면
그대 보고 싶은 마음도
물처럼 바람처럼
잠깐 스쳐 지나갔으면 했는데

눈을 감으면
당신의 모습이 말없이 다가와
가팔라진 가슴에
단풍잎처럼 붉게 타오른
너를 어찌할거나

품고 살아온 만큼
속내를 드러내지 못하지만
가을 햇살처럼 포근했던 그리움이
개똥벌레처럼 불을 밝히고
허전한 가슴으로 날아든다

가을에는 닫지 못하는 문 하나 있다

곱게 물든 단풍잎도 오래 머물 수 없다고
그리운 곳으로
하나둘 낙엽이 되어 떨어지는 날

가슴에만 담아 둔
잊고 지낸 사람도
나를 떠난 사람도
갈바람 오가는
그때 그 추억의 길로
한 번쯤 올 것만 같아
가을에는
닫지 못하는 문 하나 있다

그리움 너머
저 흔들리는 붉은 단풍잎에
눈시울이 붉어지는
햇솜 같은 그대 사랑의 음성이 들려올 것만 같아
가을이 다 가도록
닫지 못하는 문 하나 있다

그리움의 별 밭길에서
눈을 감고 생각만 하여도
외로운 마음 어루만져 주는
그 사람을 만날 것만 같아
놓지 못하는 사랑 하나 그리운

닫아도, 닫아도
닫히지 않는 문 하나 있다

가을에는 당신의 바람이고 싶습니다

그립던 마음
참았다가

가을에는
조용히 그대 마음을 흔드는
당신의 바람이고 싶습니다

잔잔한 바람결에
살아온 이야기도 들어 보고
사랑처럼 속삭여도 보고
가슴에 이는 그리움마다
가을 호수처럼 출렁여 주는
당신의 바람이고 싶습니다

가을 끝 어디쯤
우리네 꿈의 창문을
자꾸만 덜컹거려 허물어뜨리는
그대 몫의 외로움을 달래 주다가

석양빛 바라보는
쓸쓸한 가슴에
한 줄기 사랑으로 다독여 주는
당신의 바람이고 싶습니다

중년의 가슴에 가을이 오거든

중년의 가슴으로
찾아온 가을이
외로움에 눈물이 나거든
산들바람 눈부시게 일렁이는
가고 싶은 곳으로 떠나 보자

날마다
내가 쳐 놓은 그물에 갇혀
허우적거리는 삶을 헤엄쳐
하고 싶은 곳으로 떠나 보자

강물처럼 흘러온
내 그리움을 들여다보며
먼, 먼발치 어딘가에 있을
가슴 뛰는 그 사람에게
가을 편지도 써 보자

밤새도록 생각에 뒤척이다
아직 남아 있는
꿈 하나 엮을 수만 있다면

스스로 여는 작은 배라도 타고
가야 할 곳이 있다면

길이 막혀도 더욱 힘차게 오르는
한 마리 연어가 되어 보자

이 땅에 사는 동안
흔들리지 않는 것이 있겠는가?

가을이 쓴 편지

풀벌레 울음소리가
그리움의 창을 열면
가을이
황금빛 잎사귀마다
허공 가득 아쉬운 편지를 쓴다

한 줌 햇살에
마지막 사랑으로 익어 가는
그대가 그립다고

소근거리며 열어 놓은
스쳐 간 인연에게도
살가웠던 인연에게도
놓쳐 버린 빈 마음자리
흩어진 침묵들이
마지막 온기를 붙잡고
노을빛 내려앉은 낙엽마다
그리움을 꺼내 들고 편지를 쓴다

오기로 한 그 자리에
사랑도 그리움도
외롭게 해 놓고
해마다 오지 않는 너를 기다리는
그가 누구인지
이 세상 끝까지 달려가 물어보고 싶다고

가을 강

숨죽여 흐르는
가을 강을 바라보네

지난여름
뜨거운 열기를 다독여
온갖 시름 잠재운
가을 잎 하나 띄워 놓고

쑥부쟁이는 어떻게 살아왔는지
세파에 시달려 온 갈대숲은 괜찮은지
아물지 않는 상처마다
어루만져 안부를 묻는
실비단 마음결로 흐른다

보랏빛 여운을 두고
떠나간 첫사랑 그 사람도
속울음 들키지 않으려는
내 몫의 아쉬움에
물길을 열어 놓고
쓸쓸한 노래를 품고 흐르는
가을 강은

어디쯤
분수처럼 솟구치는
내 그리움도
가을빛 미소를 머금은 침묵으로
저리도 붉게 물든 꽃잎처럼 흐르는가

가을에는 네가 그립다

가을에는
옷깃을 스치고 간 바람처럼
떠오른 네 모습도
잠시 머물고 갔으면 했는데

네가 없는 거리에서
어딘가에
잘 있을 거라는 생각만
가득 쌓아 놓고

해마다 가을이면
비우고 또 비워도
열병처럼 앓고 가는
널 어이하랴!

여린 마음에 담아 둔
구절초 꽃 같은 미소로 다가온
널 어이하랴

온 천지가 꽃보다 곱게 물들어
함께 바라보고 싶은 날이면
살아온 세월만큼
넘나드는 그리움
널

오늘은
청옥빛 하늘에
내 마음이 가는 대로
네 모습을
마음껏 그려 보고 싶다

물의정원[1] 노랑코스모스

흔들흔들 하늘하늘
간드러진 노랑코스모스 춤사위로

능수버들 휘감아 흐르는
은빛 강물 유혹하고 싶다고

하늘 높이 떠가는
흰 구름도 유혹하고 싶다고

끝없이 펼쳐진 노랑 꽃잎 미소로 홀리는
저 몸놀림을 어쩌랴!

한들한들 찡긋찡긋
널 보낸 그리움 다시 그립다고

첫사랑 가슴이 되어
찰깍찰깍 추억을 간직하라고

노을빛 강물이 가슴을 내어 준
물의 정원에서
다정한 연인끼리 손잡고
젊음도 사랑도 다시 꽃피어 보라고

노랑코스모스 꽃잎들
종일토록
가을빛 사랑을 흘리고 있네

1 물의정원 : 경기 남양주시 조안면 운길산역 부근에 위치한 습지 공원

코스모스

넌
일부러 웃지 않아도
그리움 언저리 미소마다
수채화 물감으로 물들여 놓고

주저하는 나보다
먼저
수줍은 웃음으로
사랑을 고백할 거라고

그 사랑
하늘까지 닿게 할 거라고

가을 하늘
파랗게 유혹해 놓고

하늘하늘

찡긋찡긋

온몸으로 윙크를 하는가

가을바람처럼

가을이면
눈 감으면 볼 수 있는
한 사람 그려 놓은 얼굴을
홀연히 만지고 가는 바람처럼

차마 보낼 수가 없는 가슴
다 열어 놓고
내 안에 마지막 남은 그리움이
가을빛처럼 바알갛게 물들어도

가을에는
가고 싶다 하거든
바람처럼 다 놓아주자
아파도 아프지 않게
후회해도 후회하지 않게

붉게 물든 단풍잎에도
불어오는 바람에도
아쉬움뿐인데
그리움뿐인데
가을바람처럼
가고 싶은 곳으로 다 보내 주자

묻지도 않았는데
마른 풀잎 향기로
그리움을 전해 주고 싶다고

황혼이 닿는
먼 산 넘어 어디쯤
가랑잎 구르는 소리로
내 몫의 사랑을 전해 주고 싶다고
옷깃을 헤집고 가슴팍을 파고드는
가을바람처럼

오늘도
강파른 고개 넘어
외로움 밟고 온 바람이
그대에게 보내 줄
내 그리움을 챙기고 있는 것을

낙엽

그대는 보았는가?

뒤척이는 외로움
가을 언덕 어디쯤
그 깊은 곳에 묻어 두고

누가 어쩌니 해도
미인 잎도
추남 잎도
잡았던 손목을 놓고
먼 길 떠나는 것을

한 줌 그리움을 움켜쥐고

바람이 불 때마다

명예도 사랑도

앞서거니 뒤서거니

한바탕 팔랑 춤을 추며 떠나가는 것을

그대는 들었는가?

낯선 주름살 언저리마다

허공에 손을 내밀어

그리움 놓는 소리를

널 보낼

사랑 하나 그립다고

가로수 길마다 울먹이는 소리를

멈춰도

다시 가야 할 길인데

꽃처럼 잘 웃고

새처럼 노래 잘 부른 그대는

이 가을 끝 어디쯤에 가 있는가

내장산 단풍

누군가의
첫사랑 사연이 꽃처럼 핀 걸까?
서러움 고인 눈물이 붉게 물든 것일까?

청옥을 베어 문
파란 하늘 불러와
꽃불을 쏘아 올린
형형색색 가로수 길마다
그윽한 눈빛으로 타오른
붉디붉은 미소는

낭만을 채워 주려고

사랑을 채워 주려고

종일토록

들썩거린 내장산이

고운 손을 흔들고

윙크하는 저 곱디고운 단풍잎들을 보게나

해마다 이맘때면

누가 이곳 내장산 계곡으로

양귀비꽃처럼 붉게 물든 그리움을 불러내

이 가을을 설레게 하는가

낙엽의 꿈

모두가 떠나고
한 줌 햇실로 마음을 달래던
꿈꾸는 마지막 단풍잎 하나가
쓸쓸해진 아스팔트길을 내려다본다

여기저기
낙엽 진 자리마다
훌훌 털어 버린 뒷모습을
들여다보고 또 들여다본다

넘나드는 바람결에
잎이 피고 지는 일도
눈부셔야 할 가을을 위하여
날개처럼 팔랑거리다가
내 발등에 떨어진 마른 꿈 하나
씽긋 웃는다

탄식과 후회는 미뤄 두고

꿈 하나 메고

새로운 여행을 갈 거라고

먼 길 가다가

누군가의 놓지 못하는 인연에게

그리움 전해지는

노을빛 같은 반가움이었으면

그 가을 끝

어느 외로움 곁에서 따뜻함이었으면

가을 끝에서

가을이
가을 끝을 붙잡고
사색에 잠긴다

언제부턴가
나뭇잎도
물속에 비친 제 모습이 낯설다 싶더니
어느새 떨어져 떠가는 낙엽들

이름조차 사그라진 그림자마다
산봉우리에 머문 황혼빛 하루가
더욱 애착이 가는 걸까?

더러는
고개 숙이고
눈시울 붉어진 것을 보니
아쉬움을 생각했나 보다
아쉬움을 생각하며 울었나 보다

자꾸만 돌아보는
초조한 눈빛들마다
겨울로 가는 막차를 타려고
꺾인 날개를 파닥거리고 있었다

가을 그리움

널 잊으려고
언덕에 서서 허공만 바라보았는데
휘파람만 불었는데
가을이면
스르르 무너져 내린 자리에
그리운 얼굴로 다가오는
너를 어쩌랴!

네게 알려질까 봐
아는 척도 하지 않고
누구에게도 말하지 않았는데
가을이면
금빛 머리 물들이고
수줍게 미소 지으며 찾아오는
너를 어쩌랴!

모를 일이다
세월에 휘감겨 간 장밋빛 낭만이
늦가을빛처럼
수없이 사위어 갔는데도
가을이면
그리움의 앨범을 넘기게 하는 너를

모를 일이다
그대는
연초록 고운 바람이
떠나간 허전한 빈자리에
촉촉이 스며들었다가
가을이면 내게
한 마리 연어처럼 찾아오는 너를

그대에게 띄우는
그리움

—

눈뜨는
저 황금빛 물결에
그리운 사람 더욱 그리워지고
나를 떠난 사람도
미워했던 사람도 아쉽고 그리워지네

이렇게 흔들리며
나이 들어 갈 수밖에 없어도
사랑은 더욱 사랑이 되는
새해 햇살 한 자락을 가져다
그대 가슴에 안겨 주고 싶어라

—

겨울 남이섬

강물도 휘돌아 흐르다
이곳에서 마음을 빼앗긴
낭만의 섬
메타세쿼이아 숲길에 눈이 내리네

강과 섬 사이
하얀 숲길이 내어 놓은
황홀한 눈꽃 풍경이
내 눈빛을 마음껏 홀리네

십수 년 동안
사랑빛 시선이 머문
겨울연가 연인상 하얀 미소에
사랑하는 사람끼리
그리운 사람끼리
손목을 마주 잡은 웃음꽃마다
카메라 폰이 분주하게 찰칵거리면

숲 너머
구름 커튼 살짝 열어 놓은 틈에서
구경 나온 햇살에 물든
황금빛 눈밭에는
까르르 까르르
연인들 사랑의 웃음소리가
은구슬처럼 굴러다니네

겨울 돌탑

밤새 내린 눈이
돌탑위에 쌓였네

"나보다 위라서 더 춥지?"
"나보다 아래라서 힘들지?"
날마다 윗돌 아랫돌
마주 보고 안부를 물을 테지

천둥 눈비바람이 불어와도
십수 년도 하루처럼
어깨동무 꽉 붙잡고 견디는 것은
간절한 소망들이 쌓여 있기 때문일 게다

누구든
가슴에 담아 온 그리움 하나
올려 보라고

아직 남아 있는 미련 하나
얹어 보라고
눈보라 속에서도 꿋꿋이 서 있는 게지

이 겨울
돌멩이 하나마다
살갑게 쌓아 올린 돌탑 그림자
춥고 외로울까 봐

작은 틈새 다독여
시린 내 마음 하나도
살며시 얹어 놓았네

12월의 끝에서

올해도

바람처럼

수없이 많은 그 무엇이 지나갔다

더러는 흔적을 남기고

더러는 고단한 눈물 떨어뜨리고

한 해의 끝에서

회한의 망년 소주잔에 내려앉는

또 하나의 나이테는

아쉬움 그대로

신열을 앓듯 저물어 가지만

그래도

마음의 틈새에

향수처럼 떠다니는

작은 향기를 불러 모아

웃음으로

너털웃음으로 웃고 살 일이다

앞만 보고 달려온 날들이

엊그제 같은데

벌써 중년을 넘은

또 한 해가 무심하게 가지만

어둠을 넘은

한 줌 햇살이

새해 아침이 되고

새봄이 되고

다시 희망의 꽃이 필 게다

자꾸만

얇아지는 마음이 서글퍼도

우리 아프지 말고

다시 일어서야 하지 않겠는가

정동진 새해 일출을 바라보며

새해 새아침을
어둠으로 감춰 두고
정동진 앞바다가
나를 기다리고 있었나 보다

바다와 나 사이
아는 척하지 않았는데도
손을 내밀지 않았는데도
가까이 다가와 파도쳐 맞이해 주는 걸 보니
너도 나처럼
새해 일출이 그리웠나 보다

뭇사람들 설레는 마음이
어둠을 깨우니
모래알 하나까지
물방울 하나까지
새해 소망이 밀어 올린
붉은 해가 눈부시게 떠오른다

아!
무슨 말을 하면 좋으랴!

눈뜨는
저 황금빛 물결에
그리운 사람 더욱 그리워지고
나를 떠난 사람도
미워했던 사람도 아쉽고 그리워지네

이렇게 흔들리며

나이 들어 갈 수밖에 없어도

사랑은 더욱 사랑이 되는

새해 햇살 한 자락을 가져다

그대 가슴에 안겨 주고 싶어라

첫눈 오는 날 1

기별도 없이
그리운 그대
첫눈이 되어 오시다니요

그대는
일부러 웃지 않아도
저절로 속웃음이 되어
새하얀 낯선 세상으로
사랑 꽃조차 활짝 피워 놓고

그리운 그곳으로
하얀 추억을 밟고 끝없이 가 보라고
하얀 나비 떼처럼
앞서거니 뒤서거니
아낌없이 내려오는
저 홀가분한 몸뚱아리들

눈이 오는 날은
숨겨 온 마음을 꺼내어
가고 싶은 곳으로
끝없이 가 보라고

오늘은
내 마음속의
그대 그리워하는
첫눈이 되어 오시다니요

첫눈 오는 날 2

그대가 그리워
가슴에 담아 둔 추억이
오늘은
첫눈으로 내립니다

저 꿈같은
그리움이 머물고 간 자리마다
하얀 꽃잎으로 내립니다

세월이 흘렀어도
당신과 나 사이
보고픈 마음 사라질까 봐
가슴 깊은 곳에
인연 하나 묻어 두고 살아온
그 길에도
하얀 눈꽃을 피워 놓고

눈을 감지 않아도
그리운 사람
더욱 그리워하라고
하얀 첫눈을 밟고
가고 싶은 그곳으로 가 보라고
새하얗게 쌓여 줍니다

그대를 기다리던
그때 그 길에서
머뭇거린 사랑 손잡고 설레어 보라고

첫눈이 내립니다

눈꽃

그리움 끝으로
눈이 내리는 날

손을 뻗는 빈 가지에도
겨울 꽃 한 번 피워 보려고

쌓이고 흔들리고
떨어지고 깨지다가
살포시 피어난 새하얀 꽃송이들

그리움이 머문 곳마다
별빛처럼 쏟아 놓은
하얀 사랑빛을 머금고

순하디순한
인연끼리 손잡고
눈부시게 반짝이다가

채근하는 바람결에
마음 닿지 못한 사랑처럼
하얗게 핀 꽃송이마다
꽃잎처럼 흩날려 사라져 가는
비장한 너의 낙하에
허무한 삼천 궁녀의 넋이 보여라

겨울나무

눈 쌓인
앙상한 가지마다
시린 바람이 스쳐 가고
새들 노랫소리도 떠나가고
쓸쓸했지만

그리움이 떠난 자리에
언제부턴가
까치둥지를 품었다고
벌레알도 품었다고

외로움을 견디고
침묵으로 서 있었지만
이젠
몸도 마음도 꿈을 품었다고

바람이 불고 눈이 쌓여도
때가 되면
그리운 봄이 잊지 않고
하얀 들판을 건너올 거라고

겨울나무는
맨살로
맨몸으로
기쁜 사랑의 젖을 물리고 있다

겨울 바다

살면서
밤송이 같은 가슴 열어 놓고
내 모습 파르라니 보고 싶어
겨울 바다 앞에 섰습니다

쓸쓸한 내 마음을 저 바다에 띄우면
어쩌면
하얀 물보라에
그리움 품고 사는
파도가 멈출 것만 같아
하염없이 겨울 바다 눈빛을 바라만 봅니다

먼바다 심장에서
밀려오는 파도에
하얀 울음이 터지는 바다는
겨울 바다는

가슴 한켠에 솟아오른
내 그리움
꽃잎처럼 띄워 놓고

망망대해에서 이기고 돌아온 병사처럼
당당하고 힘찬 물결 보라고
솟구쳐 오른 물방울 하나까지
용솟음치듯 파도쳐 줍니다

해가 지는 줄도 모르고
내 눈가에 미소가 보일 때까지
바닷빛 그리움 불러내
갈맷빛 노래를 쉼 없이 불러 줍니다

겨울 북한산

우뚝 솟은
인수봉 눈빛 사이로
봉곳이 내보이는
하얀 그리움
가슴에 품고 서서

마른 풀잎 하나까지
다소곳이 쌓인 설봉에 몸을 맡기고
칼바람에 온몸이 흔들려도
바위틈 아슬아슬 내다본
푸른빛 소나무는
겨울 북한산을 달래고 서 있는가

수 세월 봉우리마다
우두커니 서 있어도

오늘도

사람들 때문에

사람 사는 쪽을 바라보며

살가운 새봄

초록빛 꿈을 꾸고 있는가

아이들은 어디로 갔을까?[1]

어디로 갔을까?
그 많던 아이들이

봄이 오면
산수유꽃, 매화꽃, 벚꽃 향기가
화단에 금잔디를 깨워 들썩이던
고향 모교 그곳엔

지금은
아이들이
이이들이 없다

둑방 개나리가
열병을 앓듯 만발할 때쯤이면
눈망울 반짝이며 재잘거렸던
1학년 아이들도

선생님 호각 소리에 맞춰

운동장 가득

체조하고, 달리고, 공놀이로

재잘재잘 왁자지껄 아이들

그 아이들은 모두 어디로 갔을까?

손때 묻은 책상에서

책 읽고, 주판 놓고, 노래 부르고

반질반질 마루 바닥걸레질에 구구단을 외우고

꿈을 키우던 그 곳이

지금은

텅 빈 교실

텅 빈 운동장가에는

기죽은 나무들만

아련한 추억을 보듬고

우두커니

허공만 바라보고 서 있는가?

1 이 시는 폐교가 된 고향 모교인 황전북초를 가 보고 난 후 쓴 것이다.

고향이 아프다

언제부턴가
고향이 아프다

그곳엔
그리운 사람들이 살고 있었는데

사립문을 열면
박 넝쿨 호박 넝쿨
줄지어 지붕 위를 올랐는데

소꿉놀이, 말타기, 술래잡기…
그때 그 웃음도 눈물도…
어릴 적 그리움이 남아 있는데

지금은 군데군데
버리고 떠난 빈집들이
잘 있었냐고
인사라도 하면 무너질 것만 같다

네가 서울로 떠나간 날
네가 보고 싶어
낯선 서울을 그리며 그리며
밤새도록
긴긴 편지를 쓰고 지우고
다시 쓰다가
하릴없이 너의 집을 바라보며
눈물 핑 돌았던
그 어설픈 첫사랑 돌담 골목길을
다시 걸어 보아도

지금은

아픈 그리움 위에

어쩌다가

나도 낯선 이방인이 되어 있는가?

털신 한 켤레

한 번쯤
나오실까

행여 나오실까

텅 빈 고향 마을 집
댓돌 위에서
쓸쓸하게
주인을 기다리는 털신 한 켤레

봄빛 손잡고
정겨운 이웃집도 가 보고
봄이 오는 꽃길도 걸어 보고 싶은
애먼 바람에

어둠이 내리고
봄바람이 지나가고

가끔씩 흘러나온
쇠북소리 같은 기침 소리로
외로움을 달래는 털신 한 켤레

유월 고향 이맘때는

아카시아 꽃향기 상큼한
산길로 가면

뻐꾸기 울음 끝에서
감자 꽃이 피는 유월 이맘때면

보리 다발, 밀 다발
산더미처럼 쌓아 놓고

통통통통
타작마당 발동기 소리 신이 나는
그곳이 어릴 적 내 고향

앞만 보고
흐르는 세월 잊고 살다가

어디선가
빼꾸기 울음소리 들리면

못 잊는 그리움에
마음은 유월
그 시절 고향으로 간다

고향 마을 그 길에는

"서운타"

"또 언제 올래?"

"그렇게 바쁘면 빨리 올라가야지"

고향집 허리 굽은 노모

가쁜 숨소리 섞인 말 몇 마디

차에 싣고

도시로, 도시로 쫓기듯 떠나는 자식, 손자들

고향 마을 그 길에는

"바빠서요, 다음 명절에 또 올게요"

고함을 지르듯

한마디 차창 밖으로 던져 놓고

자식들 떠나간

고향 마을 그 길에는

홀로 남은 허리 휜 노모의

허전한 외로움이

붉어진 눈시울이

서쪽 하늘에 노을처럼 떠 있다

그때 그 겨울밤이 그립다

어릴 적
마음에 담아 둔 고향집
그때 그 겨울밤이 그립다

위잉위잉 덜컹덜컹
칼바람, 눈바람 한바탕 놀고 있을 때면
문풍지는 파르르 파르르
호롱불은 깜박거리다 꺼지고

우지끈 우지끈
나뭇가지 부러지고 무너지는 소리에 놀라
엄마, 아빠 품속으로
하나로 파고든 형제들
한 이불 밑에는

아랫목에 발을 넣고

발가락끼리 꼼지락 전쟁을 치루며
키득키득 웃던 그때 그 겨울밤처럼
함께 잠들어 보고 싶다

아침이면
눈썹이 하얗게 서리 내렸던
위풍 세던 그 집에서
식구들과 함께
잠들어 보고 싶다

여수 오동도 동백꽃

꽃 등불 켜 놓은

오동도 동백 숲길은

겨울 내내

울리라

행여나

바람결에 그 님이 오실까 봐

해마다

혹한 속에서도 끓어오른

저리도 못 잊는 사랑

붉디붉은 꽃으로 피워 놓고

먼 바다

하얀 파도 손 부여잡고

찬바람에게 물어보고

밤마다
등대 불빛에 뒤척여도 보고

기다림 견딘
애끓은 날들이 불꽃처럼 타올라도

흔들리지 않고
어찌 살아왔을까?

잊는 것이 쉬운 일이냐고
눈길 닿는 동백 숲 곳곳마다

용광로보다 뜨거운 순정이 타오르는
여수 오동도 동백꽃이여!

여수 밤바다

오동도 다리 너머 불빛 닿는 곳까지
내 마음의 그리움 하나
띄워 보낼 수 있을까 하여
내 유년의 고향
여수 밤 바닷가에 왔습니다

아픈 역사와 눈물, 사라호 태풍…
고단한 추억이 새겨진
내 어릴 적 아린 흔적 위에

세계박람회장, 해상케이블카, 돌산대교…
곳곳마다
형형색색 양귀비꽃 같은 불빛에 어린
바다 꽃이 활짝 피어
가슴 설레게 하는
여수 밤바다를 보았습니다

선창가 포장마차 소주잔에
아쉬움 출렁이는
옛사랑의 향기 한 잔 마시니
그리움이 파도쳐
눈시울 뜨겁게 하는
밤 바닷길이 손짓을 합니다

아름답게 여울져 반짝이는
내 고향 바닷가 밤 풍경이
이리도 황홀한 낭만을 품어 안고
맞아 줄 줄이야

친구야!
살다가 외로워지거든
불꽃으로 수놓아 반짝이는
여수 밤 바닷가를 한번 가 보게나

스위스 융프라우를 오르며

덜컹덜컹 산악열차가
가파르게 산을 오른 만큼
쿵쾅쿵쾅 가슴도 설레네

힘차게 오르는 차창에 다가온
매혹적인 낯선 이국 풍광들

바람도, 햇살도, 풀꽃들도…
저 멀리
그리움을 품은 호수 물빛까지
알프스 식구들 모두 나와
손을 흔들어 맞아 주네

손짓하는 앞쪽을 바라보면
지나온 뒤 풍광이 아쉽고
뒤를 돌아보면 앞 풍광이 궁금하고
눈빛 닿는 곳마다
온통 황홀함뿐이네

아기가 엄마 품에 안기듯
알프스에 젖을 물린
산봉우리 순백 만년설 군데군데
내 그리움도 심어 두고 싶었지만
차마 흠이라도 생길까 봐
가슴에만 품어 두고 돌아서는 아쉬운 발길에

다시 보고 싶은 마음
꽃으로 피는
스위스 융프라우여!

아! 금강산[1]

꿈인가?

노래로만 불러 보았던 그리운 금강산이
바로 내 눈앞에서
일만 이천 봉우리들 피붙이처럼 끌어안고
희망을 꿈꿔 온
저 만물상 형상들

굽이굽이
꽃구름처럼 펼쳐 놓은
망양대, 천선대…
머무는 눈길마다
저리도 정겨운 가슴끼리 가슴끼리
천 폭 만 폭 세한도를 펼쳐 놓고

보고 또 보아도

못 다 보겠네

담아도 담아도

못 다 담겠네

아픈 그리움 묻어 놓은

감격스런 만물상 눈빛들

저리도 애처롭게 사랑의 손을 흔드는데

사람은 산의 일로

산은 사람의 일로

사무친 마음

울지도 웃지도 못하고 하늘만 바라보네

언제쯤
봄이 온 금강산에서
마음을 열어 놓고
활짝 웃을 수 있을거나

1 이 시는 금강산의 산악미를 대표하는 만물상을 오르며 쓴 것이다.

〈시가 있는 산문〉

그리움의 숲에는

꽃과 사람이 다른 점이 있다면 꽃은 다시 같은 꽃을 싱싱하게 피울 날이 있지만, 인간에게는 오늘의 젊음이 다시는 오지 않는다는 것이다. 세월은 냉정하여 잠시도 기다려 주지도 않는다. 그래서 우리는 아쉬운 추억을 회상하며 성숙해져 가는 것인지도 모른다.

이러한 일들을 조용히 음미해 보면 다시는 돌아오지 않을 것 같은 그리움이기에 아쉽고 안타까운 것이다. 그렇다고 그리움을 품고 사는 것은 특별한 것도 아니다. 그냥 보고 싶고, 묻고 싶은 것이다. 그저 좋았던 그 사람, 좋았던 그 시절의 크고 작은 추억들이 그리움의 숲을 이루어 사라지지 않고, 여전히 내 안에 간직되고 회상하며 가끔씩 가슴을 출렁이게 한다.

1. 왜 인간은 그리움을 품고 살아가는 것일까?

요즈음 우리는 컴퓨터와 핸드폰을 손에 쥐고 세상 소식을 접하고, 간편하게 이메일을 쓰고 보내는 일이 일상화되었다. 하지만 마음을 담아 정성껏 손으로 쓴 편지를 찾아보기 어렵다. 봉투에 우표를 붙이던 손을 거의 잃어버린 것일까? 편지를 보내고 나서 답장을 기다릴 때의 그 두근거린 기다림도 잃어버린 것일까?
어디 그뿐인가, 낙엽 지는 호수가 또는 학교 연못가 근처에 놓인 벤치나 잔디에 앉아 시집을 읽는 운치 있는 모습도 거의 찾아보기 힘들다.
오늘을 살아가고 있는 우리에게 사라져 간 것들이 어쩌면 마음의 눈조차 잃게 만들 것만 같아 아쉬운 그리움을 품고 사는지도 모른다.

우리가 시간을 통해 밟아 간 자국들은 과거다. 과거의 일들이 모두 좋아서가 아니라 살아가면서 마음속에 지워지지 않아서이다. 어둠을 넘어야 새벽이 오고 새벽을 넘어야 아침이 오듯이, 인생은 내가 붙잡은 순간부터 온갖 경험한 일들이 내가 놓아 버리는 시간까지 내게 머문다. 그중에서도 아름다운 것들은 다 흘러갔다고 생각될 때, 그 흘러가 버린 시간 중에서 더러는 추억을 가슴에 품고 그립게 살아가게 만든다.
가 버린 젊음을 아쉬워했지만 다시 우리 앞에는 다시는 젊음이 돌아오지 않으니 생각하면 인생은 참 허무한 것이다.
우리 인생은 뜻깊은 일을 하며 제대로 살기에는 짧을 것이고, 대강 살기에는 너무 외롭고 아쉽고 지루한 것 같다.
우리는 살아온 세월 동안 알게 모르게 잃어버린 것이나 사라진 것이 너무 많은 것 같다. 사실은 헤아려 주지 못한 것은 눈이 아니라 따뜻하게 보듬어 주지 못한 마음의 시간일 것이다.
다행인지 불행인지 살아가는 동안 가슴에 지닌 그때의 의미 있는 시간은 대부분 추억으로 간직하고 있다. 아름다운 것은 다 흘러갔지만 그 시간은 우리에게 매년 그리움의 숲을 이루며 우리를 다시 설레게 하고 있는 것이 아닐까?

문득 고개를 들어 보니
그대는
들꽃 이슬처럼
착한 눈빛
꾸밈없는 웃음뿐이었습니다

왔다가 되돌아가는 것이
일상의 일이려니 하면서도
오래전 사랑처럼
마지막 손길 잊지 말라고
추억을 밟고 가라고
군데군데 떨어진 꽃잎조차
징검다리가 되어 주었습니다

그대
먼 길 떠나는 날
가슴 한켠 접어 두었던
건네고 싶은 그리움 한 자락을
마른 풀잎 이슬도
고운 눈망울 크게 뜨고 바라보고 있습니다

2. 인연이 피워 낸 그리움의 꽃

우리들에게는 살아가면서 스치듯, 혹은 진하게 조우했던 여러 인연이 있었다. 그것은 세월이 흐를수록 더욱 그리워질 수도 있지만 경우에 따라서 사라졌거나 차츰 사라져 갈 것이다. 그리고 새로운 만남과 인연의 의미는 또다시 찾아오며 살아갈 것이다.
하지만 인연이 사라졌다고 해서 아주 사라진 것일까? 시간의 재가 되어 공기 중에 흩어졌다고 해서 의미까지 지워지는 것은 아니다. 사라진 것이 아니라 어느 계기가 되면 마음 한구석에서 살며시 떠오르고 뒤돌아보게 한다. 아마 우리가 살아온 대부분의 인연도 그럴 것이다. 느낌 없이 지나치는 인연은 얼마만큼 지난 뒤에서야 알아지기도 하고, 깨닫지 못하면 너무 무관심하게 살아갈지도 모른다.
돌이켜 보면 어떤 인연은 길게 머물렀고, 어떤 인연은 짧게 머물렀다. 어떤 것은 깊은 흔적을 남겼으며 어떤 것은 잠시 향기만 남겼을 수도 있다.
사랑도 우정도 세월이 저만큼 지난 뒤에서야 더 깊이 알 수 있듯이 살아가면서 우리는 인연을 알아가고 체험하고 가슴에 지니고 살아가는 것이 아닐까?
때로는 마음속에 깃들어 있던 소중한 사람, 그러나 조금 희미해지고 있는 한 사람도 문득문득 떠올리며 그 시절을 불러내 웃음 짓기도 하는 것이다.

그리고 언젠가 말할 것이다. 내가 본 것이 나의 인연이었다고, 또 언젠가 말할 것이다. 당신의 모습과 추억이 나와의 인연이었다고. 한순간 흘러가는 세월 앞에 당신과의 인연을 아름답게 담고 싶다고, 내가 이 땅에 와서 만난 추억들, 바로 내게 피어 있는 소중한 그리움의 꽃들이었다고.

가을이 오면 벗이여
커피 한 잔으로 만나고 싶구나

눈물 고여 오는 길에서
네 옆자리에 앉아도 되겠니

꽃이 피고 지는 일도
놓지 못하는 인연도

건네고 싶은 웃음 한 자락
차마 그리운 곳으로 바람이 부는 일일 게다

안개처럼 피어오르는 기억들
고와서 마음속에서 그냥 두고 가는 것이다
먼먼 길 함께 가는 것이다

3. 꽃은 다시 피고, 인간은 그리움의 숲에서 산다

꽃은 풀이나 나무에 붙어 있어야 하며 이는 뿌리와 연결되어 있고 뿌리는 흙에 묻혀 있어야 한다. 흙은 충분한 자양분, 수분 등을 가지고 있어야 함은 물론이다
우리 인간도 마찬가지다 이 세상은 나만 잘한다고 나만 똑똑하다고 잘 살 수 없으며 결코 혼자서는 살아갈 수 없다. 모두가 함께 어울려 서로에게 도움이 되어 주고 또 누군가에게 필요한 존재가 되어 줌으로써 뜻있는 인생의 열매를 얻을 수 있는 것이다.
하지만 철 따라 핀 꽃잎에도 분명 뭔가 깃들어 있다. 그 곁으로 바람과 햇살, 폭우와 작은 생명들까지 수없이 많은 무엇이 지나갔으리라. 그리고 비 오고 바람 부는 날 아침이면 눈송이 같은 꽃잎들이 땅바닥에 뒹굴고 바람 따라 가야 할 곳으로 떠났을 것이다. 그러나 꽃은 이듬해 때가 되면 다시 옛 모습 그대로 싱싱한 젊음으로 매년 되풀이되는 새 세상을 다시 만나 볼 수 있는 것이 부럽기도 하다.
우리 인간도 그럴 수만 있다면 얼마나 좋으랴!

하지만 인간은 가끔은 내가 나를 모르는 딜레마에 빠지기도 한다. 사랑의 세계에서 관계는 더없이 충만하며 인자하

고 아름답다고 느껴지지만 불행하게도 감정이라는 불안한 층위에 겹겹이 쌓아 올려진 그 세계는 그리 오래가지 못하고 갈등을 겪기도 한다. 순수하고 맑았던 오래전 나 자신과의 헤어짐을 후회하고 슬퍼하며 눈물을 흘리기도 한다. 그래도 내가 보지 못하고, 그저 상상만 하는 강의 저 끝에서는 그 사람의 마음과 만날 수도 있다는 그리움으로 살아간다는 것이다. 무슨 특별한 용건이 있는 것은 아니다. 그냥 보고 싶고 묻고 싶어진다. 그저 좋았던 그 사람, 좋았던 그 시절은 사라지지 않고 여전히 가슴속에서 그윽하게 그리움의 숲을 이루고 살아가는 것이 아닐까?

내 안에 있는 이여

오늘은
오지 않는 너를 기다리는
가을 강으로
흐르고 싶어라

차마 잊을 수 없는
그리움 속에 머물고 있는
널

저녁노을 꽃으로 물들여

가을 강으로

함께 흐르고 싶어라